私母伝

在宅訪問医とその母の生涯

名取 孝
NATORI Takashi

文芸社

本書を亡き母と亡き長兄に捧げる

はじめに

亡き母のことを書こうと思ったきっかけは、母が、そして私が生きてきた人生のあゆみを子や孫に伝え残したいと思ったからだ。何も書き残さなければ母のことは永久に闇に消えてしまう。この親子のささやかな、しかし無二の人生はそのまま知られないまま消えていくことになる。

母のことを書くことはすなわち私の出自や系譜、ルーツを確認することである。そのことは私の子孫へもその位置を知らせる記録を残すことを意味し、彼らがアイデンティティーを模索する時の資料となり得る。

今、私自身が人生の晩節にきて何を遺せるかを考えた時、私に遺せるものは何もない。あるとすれば私の人生について、生き様しかない。

母が亡くなって二十年弱になるが、私は一日として母のことを想わない日はない。通勤途中に車を運転している時、また、人前で話をしている時、想いが過去の人生に及ぶ時、母が眼前に立ちはだかる。従業員を前にした講演の時でも、また一人で運転中の時であれ、母のことを思い起こすたびにこみ上げる慟哭を抑え、言葉につまり、溢れてくる涙をこらえる。

私の存在は母なくして語れないし、今もなお母の影なくして私は良くも悪しくも存在しない。だから母のことを語ることは私のことを語ることであり、私の目から見た母の像であり歴史である。私の個人的な母像であり、そういう意味で書籍名を『私母伝』とした。母の全体像をとらえているわけではなく、私の知らない母像はたくさんあったに違いないと思う。また逆に、私しか知らない母像もあったに違いないと思う。聖書にマタイ伝やルカ伝、マルコ伝、ヨハネ伝があるようにそれぞれから見た伝があっていいのだと思う。

母には三人の息子（実子）がおり、七人の再婚先の子がおり、総勢三十人を超える孫たちがいる。その一人一人にとって母は存在していたのであり、私は母のなかで何分かの一しか占めていなかったと思う。実際の生活上でも、後年は「私の母である部分」は少なかったと思う。みんなの母であったし、母はそれを立派にやりとげた。

しかし、私にとってはたった一人しかいない母であったし、ただ単に一人の母だったばかりでなく、たったひとりの親であったのだ。私の縦の系譜は母という細い糸での繋がりをおいてほかになく、風に吹き流され切れて飛んでいってしまいそうになる凧のように私は必死でつかまりながら、母の像は私の胸中いっぱいに広がって占領していた。いや、今日でもなお、そのことは変わっていない。

母のことを語りつつ私の生き様が浮かび上がってくれば私の子や孫たちは私を見る目が違ってくるだろうし、それは良くも悪しくも、評価が上がっても下がっても、尊敬の念が上昇しても下がっても人間としての私は伝わるだろう。それで十分目的を達することになると思う。

私の子らや孫たちが誇りをもって生きてくれるように祈りながら、そして少しでもそのルーツに興味を抱いて自分たちの進むべき道を探してくれるように、そして願わくは私の父が死んだいきさつや戦後の貧しい時代に思いを馳せ、戦争のむなしさや平和の尊さを心から理解し、二度と戦争がないように志を新たにしてほしい。
みんなが平和に仲良く暮らしてくれるように、祈りながらこの記録を綴ってみた。

もくじ

生い立ち――母と私

母・益子は、山縣英吉、しげじの七番目の子として大正七年五月七日に誕生した。上に兄が三人、姉が三人おり、母は四女だった。下に二人の妹がいた。東京の医学専門学校を卒業した私の祖父、山縣英吉は山梨県中巨摩郡 源村有野《みなもとむらありの》（現在の南アルプス市有野）で医院を営んでいた。夜叉神《やしゃじん》峠を越えて南アルプスに通じる登山道への入り口に位置するその村は、高い山々から流れ出た砂利、土砂で形成される扇状地の上端に位置していた。扇状地を二〇キロメートル余り下った盆地の真ん中が甲府であった。当然、明治から大正にかけてその地方は無医村であり、祖父はただ一人の医師として、歩いて約七キロメートルほど離れた芦安村《あしやすむら》あたりまで往診に行ったという。

母はそこで幼少期から女学校（巨摩高等女学校）までを過ごした。祖父の往診にも同行したことがあると後年語ってくれた。小さい時の話はほとんど聞いたことがないが、女学校時代の同級生の話では闊達明晰な女の子であったらしい。

祖父の家には三段重ねの書棚が三列あって、ガラス戸付のその書棚の中に『桂月全集』など（本の名前などは後からわかったことだが）がびっしりつまっていたのを小さかった私は印象深く記憶している。母はよくその中の『小学○○全集』とかをおもしろくてはじから読んだよと言っていた。その中には『小公子』や『小公女』などがあった。私たちは「お前たちは全然本を読まない」といつも叱られていた。たしかに母は作曲家シューマンとクララとの恋愛など、私にとっては（何それ？）というようなことも口にしていた。私はそれをうろ覚えに憶えていたので、中学一年の時、クララとシューマンのことを音楽の先生がみんなに尋ねた時、知っていたのは私だけだった。母は文学少女だったのだ。

祖父の長男（母の長兄）は北海道帝国大学医学部卒業（昭和二年卒、二期生）の医師、次男は名古屋大学工学部を卒業した地質水系の技術師、三男は東京帝国大学経済学部を卒業し大手製鋼所に就職した。女の子は大学までは行かせていないが、高等女学校まで教育を受けさせた。そして医者やそれなりの家に縁を得て嫁がせていた。当時、山村片田舎の村から北海道や東京の大学にそれぞれ進学させ教育を受けさせ、娘たちを立派に嫁がせた祖父の力は並々ならぬものだと思った。祖父自身が大変優秀な人物だったに違いない。

祖父の山縣家はその祖先がどんなものであったか定かではない。母は武田信玄を支えた武将の一人、山縣昌景の子孫だと言い張っていたが確たる証拠は得ていない。ただ、山縣家は甲斐の国では名家であったらしく、武田信玄は武功のあった昌景に山縣姓を名乗らせたとされている。したがって昌景の直接の子孫でなくても山縣一門の子孫であった可能性は高く、古くからの名家ではあったようだ。

祖父は多分先祖から引き継いだ資産（土地）などもあったようで、もともと生活には不自由なかったと思われる。源村有野という地に建てた家屋兼診療所は大正後期の建築と思われる立派なもので、日本庭園のついた屋敷であった。奥座敷、座敷、客間、居間、食堂、納戸、風呂場などがあった。診察室は正面側に配置され、玄関を入ってすぐの待合室は三畳くらいだったか。その前に薬局があって小窓から調合された薬が出された。診察室は待合室の奥で、十畳以上あったように思う。清潔に整頓された診察室や薬局、白い敷布に覆われた診察ベッド。薬局内はもっと興味深かった。同じ大きさの茶褐色の薬瓶に入れられた粉薬がずらっと何列も棚に並んでいて、一つひとつに白いラベルが貼ってあり、薬名が書いてあった。また、白いすり小鉢のようなものがあり、かき混ぜる白い棒状のバチが入っていた。正方形の薬包紙の束が隅の方にあった。三、四歳の私には興味津々のものばかりだった。母は祖父の往診について行ったこともあるようで、往診の思い出を晩年歌に遺している。

鮮やかな青葉の山の重なりて埋もれる中を往診せる父
徒歩なれば一日をかけて往診せし医者の父の酷しさしのぶ
鞄もち供に往診せる父の今見ゆるごとき後姿が

小道より少し下がった平面地の後ろ半分に建てられた平屋は、少なくとも三歳か四歳だった私の記憶の中では大邸宅であった。しかし、後年なつかしくなってその地を訪れた時、家は残っていたが私のイメージよりはずっと小さいものだった。家の敷地から小路に出る時にかなりの上り坂があったように憶えていたが、その坂もほんのわずかな勾配にすぎず、がっかりした。その小さい坂を登ったところに小川があって、山から流れてくる澄んだ水のせせらぎと私はひとり戯れて遊んだ。

祖父は、母が十八歳の時——巨摩高等女学校を卒業してすぐに、甲府のさるしっかりした家の長男に嫁がせた。嫁ぎ先は名取家といって、家長は甲府で銀行を営んでいた。その名取家の次男の息子が、結婚相手の名取傳《つたえ》であった。傳は松江高校を卒業後千葉医大に学び、佐々内科にて研鑽中の内科医師であった。私が生後十か月の時に逝った父を知る便《よすが》はほとんどないが、残された医局時代の手帳があってそれには細かい字でびっしりいろんな医学情報が記入されていた。それを見るとその几帳面さ、繊細さが浮かび上がってくるようだ。

しかし父は両親の愛情に恵まれていなかった。両親は五歳の時に離婚していた。父の母は、夫の道楽に愛想をつかして家を出て行ってしまったのだ。自分を捨てて去った母親を、父は許せなかったらしい。父が出征する時、母が、父の実母のことを口にした。すると父ははき捨てるように自分に母はいないと怒ったという。家庭的には不幸だったのかもしれない。

千葉県（現在の市原市新堀）に居をかまえた新婚時代、母はこのやさしく繊細で几帳面な父と幸せに過ごしたに違いない。昭和十二年に長男、続いて昭和十四年に次男が誕生した。この二、三年がもっとも幸せな時期であったろうと想像する。しかし、時代は次第に戦争へと突入していき、否が応でもその時代の波に巻き込まれた。開戦になり父も出征した。軍医として中国大陸へ行ったと聞いている。昭和十六年頃と思う。ところが、戦地へ行って間もなく父は病を得た。結核だった。しかも腸結核だった。父は戦地から内地へ戻されて軍の結核療養所があった神奈川県逗子市で療養した。

逗子でのひと時は、夫が療養中の身ではあったものの戦地ではなく身近におり、子供二人と共に過ごせた、母にとって本当に束の間の幸せな時であったのだと思う。晩年詠んだ歌の中にはそのことがよく描かれている。

幻のごとき想ひ出逗子の浜に素足にはしゃぐ子亡父《つま》と追いしは
幼等と亡父《つま》と暮らせし戦時下の杳き日思ふ逗子を尋ねて
幼等を手に引き亡父《つま》の浜辺より帰り来し姿今も目にあり

母は長い間逗子を訪れることを切望していた。亡くなる三年前、八十歳の誕生日祝いに兄二人が逗子再訪の計画を立てて一泊旅行をした。次の歌は、その時詠んだ歌である。次兄のかすかな思い出によれば「夕焼け小焼け」を歌う母の手に引かれて浜辺を歩いたことがあったという。戦時下に垣間見た穏やかなひと時であったと思う。

静かなる波打ち際を歩みつつ長き思ひの波にとけゆく
吾が手にて育てし子たちと五十年余経て見る海よ亡父《つま》よ安かれ

父はしばらくそこで療養していたが、戦況が厳しくなり食料などが十分にないということで千葉県新堀に移った。昭和十七年から十八年のことである。そして母は身ごもり十八年十月に私が生まれた。翌昭和十九年八月、父は回復することなく逝った。この時二十六歳の若き母はどんなに悲しかったか、想像に余りある。大きな大きな試練が母を襲った。後年の歌にはその時の心情が吐露されている。

背に眠る子と手を引きし二人の子と終戦前年の夫の逝きし日
ぼくが居ると七つの長男は励まして小さき荷物もち我に続ける
背負はれて母のみの子となりし日の父の顔さえおぼろげならむ
香あぐる吾子はその父のうつくゑにしばし見入りぬおぼろとなりしか

七歳の長男の「僕がいるから」という言葉に励まされてかろうじて踏ん張った母の気丈な姿が目に浮かぶようだ。長男の言葉が唯一の力であっただろう。実際、長男は生涯を通して母を支え、父亡き後の一家の柱となった。

名取家の由来についても詳しくは聞いていないが、母がよく言っていたのは大阪の商人の出らしいということだった。これがあながち間違いではないと思うようになったのは、私のＤＮＡの中に商人の気質が若干受け継がれていて、商に対して理由のない興味があり、実際、事業的展開などを試みたこともあったからだ。

　私は自分の出生に関して子供時代から青年、壮年に至るまでずっと、必ずしも生まれてこなくても良かった子供ではなかったかと思っていた。兄とは年が離れていたし、両親にとって子供はもう不要ではなかったのではないかと長い間思っていた。この思いがずっと私の人生の境目で生き方を決める時左右していたように思う。長男でもないし特別な使命や受け継ぐべきものがあったわけでもない。療養していた父と、まだ若い母（当時二十五歳）の営みの偶然の結果として与えられた生だとすれば、人に迷惑をかけず人のためにひそかに生きようなどと生を肯定できずにいた。

　しかし、後年六十歳近くなって最後の幕引きの時点が視野に入ってきた。幕引きの時点から逆算して今が考えられるようになった頃、後世になにを遺せるかを考え始め、今までの思いが必ずしも正しくないかもしれないとやっと気がついてきた。間違いだったとすれば、長い間亡き父には大変申し訳ないことをした。「親の心子知らず」であったかもしれない。亡き父は一人の医師として、当時結核がどういう病であるか十分理解していたはずで、不治の病として死期を悟っていたに違いない。当然、残り少ない自分の余生の中でなにが遺せるか考えたはずであり、新しい命の誕生は父に希望をもたらすと考えたに違いない。父の死と引きかえに私の生があったのかもしれない。私の誕生を見届けて自分の分を生きてくれと願ったのかもしれない。そんな思いが今私の胸に重くのしかかっている。

疎開、戦後

母の話に戻そう。夫に早世された母は、甲府の名取家に戻った。子供三人を連れて二十六歳で未亡人となった母はなんとか自立の道を探し始めたのだと思う。しかし、戦局が危うくなり、敗戦も濃厚になりはじめた。昭和十九年から二十年のことである。甲府への空襲も危惧されてきたことから、自分の実家である源村有野に疎開し、そこで終戦を迎えた。その頃を詠んだ歌に、次のようなものがある。

子を背負ひ父母の家に疎開せしは空襲の夜の前日なりき
身を寄する父母なくば今日の吾なからむ空襲の火に子と焼けいしを
子等の手を握りて空襲の炎見つむ汗にぬめれる掌を感じつつ

やや小高い扇状地の山裾からはるか遠くに空襲で紅く燃える甲府盆地が見えたのだと思う。あそこにもう一日いたら子供たちと焼け死んでいて今はなかっただろうと詠んでいる。幼い息子を両手に、背中にまだ赤子の私を背負い、赤く染まる甲府盆地を眺めながらこれから迫り来る人生を思いやったことだろう。

どういう経緯があったか、幼かった私は知る由もない。祖父との相談の上であろうことはもちろんだが、終戦後まもなく、母は医師になるべく「山梨女子医学専門学校」に入学した。動機は詳しく聞いたことがないが、これは大決心であったことと思われる。実父も亡夫も医者であったから伏線はあったとはいえ、父母の賛同支援がなければできないことだし、誰からかはわからないが、この発案は画期的なものであったと思う。ともかく入学し、源村から甲府まで当時一時間半かけて通学したという。実母に三人の子供を見てもらいながらの勉強で、心身ともに負担の大きいものであったに違いないと思われる。しかし、後年私が小学生の頃、この時代の母の学友との集合写真を不思議がって尋ねた時、うれしそうに自慢げに医学の勉強をしてたんだよと言っていた。間髪入れず、「卒業しなかったの？　どうして途中で止めたの？」と、私は母にとってつらい質問をしたように記憶している。母はただ黙ってニコッとしただけだった。無念だったのだと思う。

母が入学して二年ほどして山梨女子医専は閉校となってしまった。東京へ転校すれば継続できたようだったが、三人の子供を抱えた母にはそれはできないことだった。その時の友達ともその後交流があったようで、医師になった人もいた。なんと残念なもったいないことだったか。私が医師になった時、「母さんもあの時学校にずっと行っていれば人生まったく違っていたね」と言ったらやはり黙って苦笑いのような笑みを浮かべていた。それは医師となった私の願望にすぎなかったのかもしれない。医専出身の母をもつ医学生は当時少なからずいたので、私は大変残念だった。母には十分貫徹できる能力はあったのに。

それが人生というものか。

この二、三年間の有野での生活が、私の記憶の中では一番かすかな古い記憶だ。その中でも印象の強い鮮烈な事象は今なお鮮やかに残っている。そのひとつひとつを記しておく。

当時有野の祖父の家には私たちのほかに母のすぐ上の兄（伯父）がおり、療養していた。その伯父がにわとりを飼育していて、庭の反対側の畑に面した側ににわとり小屋があった。時々、夜にイタチが出没して何羽かのにわとりが犠牲になることがあった。すると、その日の夜は鳥なべのような大ごちそうになった。それは鮮烈な印象だった。

伯父は卵を孵す作業もしていて、納戸の奥にヒナを保温させる箱と電球があった。そのヒナの人工飼育を私は興味深く見守った。ヒナ自体がかわいかったこともあったが、裸電球で保温し育てるという工夫が幼い私をひきつけたのだと思う。

有野には水道というようなものはなく、湧き水（井戸だったかもしれない）が出放題になっていた。大変きれいな湧水ではあったが、祖父は決して生水は飲まないようにと幼い私にも繰り返し言っていたのを記憶している。かならず湯冷ましを飲むように、ということだった。煮沸することの意味を私はわかっていなかったが、沸かした後の水は安全なんだという感覚を植え付けられたように思う。

幼い頃私は体が弱かったらしく、ある時、何が原因かもどういう病気かもわからないが大量の補液（今で言えば点滴）が必要になったらしく、祖父は私の大腿部皮下にかなりの量のリンゲル注射というのをしてくれた。注射の痛みよりは注射後にしてくれた熱いタオルでの湿布がひどく熱かったのを記憶している。私は祖父の家にいて幸せだった。かなりの医療を受けられたから。

またある時、近所の子供たちと遊んでいた時にけんかになり、石を投げつけられたことがあった。運悪く私の右前頭部に当たり大ケガをした。その時も祖父が難なく治療してくれた。その傷痕は今も残っている。

また私はお腹をこわすことが多かったようでしばしば浣腸をかけられた。浣腸をして便が出ると治ってしまうのだった。でも、浣腸は大嫌いだった。あの浣腸をさせられる時の姿が幼い私の自尊心を傷つけていたのだと思う。必死で泣き叫んで拒んでいたのを未だに記憶している。小さい時から我の強い子だったのだ。

私の記憶の中にはこの時期の兄たちや母の姿がないが、兄たちは学校に行っていたし母も医専に通っていたためと思われる。唯一兄たちの姿が浮かぶ思い出は、私が小川に流されて橋の下をくぐって助けられた時のことだ。家から少し離れた広い通りに幅一メートルくらいの小川があった。そこは車も通る村道なのでしっかりした石の橋が水面すれすれに渡してあった。その隙間は二、三〇センチほどだったかと思う。

その橋の上流側の端に、里芋を中で転がしながら洗うための木のかごが仕掛けられていた。強い流れの勢いでかごがくるくる回転し、中ではイモがコロコロ転がっていた。ぶつかりながらイモは洗われて土が落ち、表面の皮も少し剥けてきれいになるのだった。子供たちがみんなでそれを見ていた。幼い私はそのしくみに魅せられてふっと手でも出したのだろう。瞬間、川の流れに巻き込まれてしまったのだ。気がついた時、私は橋の反対側で誰かに川の中で抱きかかえられ拾い上げられていた。私はただ泣きじゃくり、誰かに手を引かれて家に帰った。その手は兄の手だったに違いない。

この時期の母の記憶はほとんどない。かすかに記憶があるのは祖母がこわかったことだ。私は幼い時からオネショをしていた。それを始末するのは母のいない時は祖母だったらしく、ひどく叱られた。母は肩身のせまい思いをしたに違いない。

年が替わって、医学専門学校が閉校になったこともあり、母はまた今後の生き方を決めねばならなかった。ずっと実家に疎開しているわけにもいかず、独立する覚悟をしなければならなかった。三人の子供を抱えて独立することがどういうことか、並々ならぬ決意があったに違いないと今の私はひしひしと感ずる。あのまま実家にだらだら居候することは母の気概からして許されないことだった。独立の道を選んだのだ。この頃から、「医者の娘として若き医師に嫁いだ嫁」というようなお嬢様気分はまったく消えてしまったのだと思う。ともかく生きなければならない。三人の男の子と共に生きなければならない。たくましく強い、強い母に変身していたのだ。

私の記憶の中でそれが何歳であったのか定かでない。多分、私が四歳か五歳の夏だったと思う。夏の暑い日にトラックに乗せられて田舎から甲府の町に出てきた。幸い甲府には亡き父の生家が戦災を免れ残されていて、そこに住むことができた。暑い暑い日で汗をだらだら流しながらの引っ越しだったように憶えている。兄たちや母の忙しさ、大変さは記憶にないが、暑い昼下がりにアイスキャンディーなるものを買いに誰かに連れて行ってもらった。その新鮮さ、アイスキャンディー屋さんの「氷」の旗や風鈴、幟のまぶしさ、そしてアイスキャンディーなるものの天にも昇るようなおいしさが幼い私の脳裏に焼き付けられた。

生計を立てるために母は雑貨店を始めた。道路に面した部屋を店にして海産物（乾物）やタバコそのほかを商っていた。近くの市場街に朝、仕入れに行った記憶もかすかにある。売り物のウバ貝がおいしくて、時々つまみ食いしたことも憶えている。しかし、商いは長くは続かなかった。今考えても三十そこそこで、働いたこともなかったところに子供三人を抱えて商売が成り立つとはとうてい思えない。一年も続かなかったのだ。

その頃、母のすぐ上の兄が実家での療養生活を終えて甲府で会社を興すことになった。その事務所を母が店にしていた場所に置き、伯父は私たちの家の一部屋を借りて事業をスタートさせた。こうして伯父はその後も長きにわたって母の助けになり支えになってくれた。幼い私には事の一部始終はわからないことだったが、唯一興味を引いたのは、店だった場所を事務所に改造する工事だった。おもしろくて毎日大工さんや左官屋さんがすることを付きっきりで見ていた。セメントがまだなかった時代、土間の地面は土を泥状にして平らに流し、自然乾燥させて硬い面を作っていった。それがおもしろかった。こうして道路に面した店だった所は会社の事務所となった。

母は生計を立てるために洋裁を始めた。それも今で言えば専門学校のようなところにしばらく通って習い、技を習得してからだった。業務用のミシンを入れ仕立て仕事が始まった。業者からの下請け仕事も徐々にやっていた。忙しくなってきたので郷里の娘さんを雇い、二人、三人体制になったこともあった。毎日遅くまで仕事に追われていた。私はその背中を見て育った。

幼い私は近所に友達もなく、兄たちとは歳が離れていたこともあって一人で遊ぶことが多かった。遊具もない時代だったから母がかわいそうと思ってくれたのだろうか、ある日、ピカピカの三輪車を届けてくれた青年がいた。母と同郷で、甲府に出て一人立ちしようとしていた人だった。母はこの青年に一目置いていて、将来大成する人だと言っていた。その青年が、母の依頼があったかどうかはわからないがどこからか中古品の三輪車をぴかぴかに塗装して持ってきてくれたのだ。私のために用意してくれ、はじめての自分用のものを手にした瞬間だった。その青年はトラック一台を調達して走りまわっていた。後年会社を興したが、工事用建設資材である砂利などを扱う大きな会社へと成長した。母の眼は正しかった。今でも三輪車をありがとう、とお礼を言いたい。

小学校へ上がる時、まわりの人が心配してくれて、入学式の服をどうする、ランドセルをどうするという声が私の耳に入ってきた。その中で印象的だったのは、学生服がなかったら紙で作るかというような冗談話があったことだった。買うのはもちろんだが、お下がりでも用意することはそんなに大変なんだと子供心に心配した。ましてやランドセルなんて……と思った。ところが、入学式の前日になると服はもちろんのことランドセルもちゃんと用意されていた。私はピカピカの一年生で登校した。記念写真を撮る時、いい場所に立ちたいと瞬間考えたのか真っ先に走り出したら担任の先生に止められた。

私の小学校時代

これまでの生涯を振り返ってみると、母と私がもっとも密接に生活を共にし、近くで母を見、母を専有していた時期は小学生時代だけだったように思う。私が小学生になった時、兄たちはすでに五年生、六年生だったので、私の記憶の中には生徒会長だった長兄がかすかに残っている程度だ。雲の上の存在だった。学年が上になっていくにつれて兄たちは中学校に進み、私は一人っ子のように育ち小学校に通った。

母は私を決して怒りはしなかった。末っ子で亡き父と入れ替わるように生を受けた私は母にはかわいかったのだと思う。どこに行くのにも私を用心棒のように連れて行った。当時もっともよく行ったのは映画だった。母は林長二郎、後の長谷川一夫のファンで、「銭形平次捕物控」が来ると暇をみては見に行った。私の脳裏には銀幕のかっこいい長谷川一夫の平次が今でも焼きついている。多分映画は母の唯一の息抜き、娯楽であったと思う。

小学校時代の思い出で母の愛情を子供心ながら感じたエピソードを一つ、二つ記しておこう。昭和二十九年三月に、太平洋の真ん中でアメリカによる原水爆実験、いわゆる第五福竜丸事件というのが起きた。その後、時期がちょうど春から雨季にかかる頃だったか、雨の日が多かったように記憶している。放射能を含んだ雨は日本までやって来ると報道されていた。母は原爆の放射能を含んだ雨にあたってはいけないと、小学生の私にも、当時としては破格のこうもり傘を買ってくれた。母は洋裁の仕立でなんとか生計を立てていたので決して家計は楽ではなかったと思われるし、当時としてはこうもり傘は贅沢品だった。庶民はまだ番傘の時代だったから。私は子供ながらそこまで放射能雨を恐れ、子供を心配しなければいけないのかと、親の子を思う心の大きさを感じた。今でも雨の降る日、傘をさすとその時の母の愛を思い出す。

幼い私は夜半に目が覚め、胸がどきどきと胸騒ぎがして眠れなくなることがしばしばあった。二階に一人で寝ていたのでそういう時は心細くなって下に降りて行った。

ぼーっと立っていると、母は「眠れないのかい？」とやさしく聞き、「うん」と答えると、「こっちにおいで」と言って母の布団に入れてくれた。私は安心して休んだ。この時のぬくもりを私は生涯忘れることはないだろう。私は根っからの甘え子だった。そして母も私をかわいがってくれた。

火事の思い出

その一　製糸工場

あれは小学校一、二年の頃と記憶している。家のはす向かいの一角にあった製糸工場から火の手が上がった。あれは春、夏前の頃だったろうか、私は小さかったのでよくわからなかったが、気がついた時は大人たちが大騒ぎで、屋根に上る者、バケツで水をリレーする者、屋根に水をかける者など、どこからこんなに人が集まってきたのだろうと思うくらい大勢の人が応援に来ていた。工場には大きな煙突があって、それが倒れるのではないかというおそれの声が聞かれはじめ、人々は余計パニックになっていた。たくさんの消防車が道路に並び、道や小路は消防のホースで蛇の川のようになった。やがて、そうこうするうちに火は鎮火の方向に向かい、落ち着きを取り戻した。私の記憶が途切れているところをみると、別の場所に避難させられたか、寝てしまったのだと思う。

その二　夜半に

ある夏の夜、私は母や使用人の人と枕を並べて寝ていたが、顔の辺りでちらちら、ちくちく感ずるものがあり目を覚ました。すると顔の前が炎でいっぱいだった。私は声も出ず、パニック状態でただ飛び跳ねていた。すると母が事態に気づき、すぐさま布団を炎の上にかぶせ、たたいて鎮火させた。そして、「布団は火が消えてもまた発火することがあるから」と水をたっぷりしみこませた。そうしてから私の手や顔を調べ火傷がないかを診た。手の甲にわずかにひりひりした感じがあったので母にそう言うと、冷やせば良いと使用人に言って、味噌を油紙のようなものにくるんで湿布代わりにしてくれた。私には、母は神様だった。

盲腸事件

私は小さい頃から体の弱い子で、母には多大な心配をかけた。四年生の夏休みに親戚の家に遊びに行っていた時のことだった。二、三日して腹痛、吐き気が生じ熱も出た。叔母はすぐ村のお医者さんに連れて行ってくれた。それで安心してそのまま叔母の家にいたが、なんとなく食欲もなく、回復しなかった。叔母が心配し、五日目くらいに甲府の家に戻された。母は女子医専に行っていて多少医学の素養があったし、医者の娘だったので、私の様子を診るなりただごとでないことに気づき、すぐに私を背負って数丁先の小児科に連れて行った。私のお腹はその時すでに触られるだけで強い痛みがあり、押されようものなら飛び上がるほどの苦しい痛みが放散した。医師は一通りの診察をすると母に「すぐ手術が必要です」と告げ、市立病院に連絡してくれた。

母はその足で市立病院に私を連れて行き、そのまま入院、その日の午後手術となった。虫垂炎だったが数日経過していたので虫垂周囲に腹膜炎を起こしていた。母は一旦帰宅し、必要な物をたずさえてまた来てくれた。

手術の時、私は一人で冷たい台の上に乗せられ、「横になって海老のように丸くなって」と言われ、じっと動かないように背中を丸めていた。するとするどい痛みが背中をつき抜け、ややしばらくして痛みは去った。やがて下肢が上がらなくなった。が、下半身が麻痺すると同時に私は便をもらしてしまった。看護婦さんたちがお尻の始末をしてくれていたのを覚えている。子供ながらに、恥ずかしいやら申し訳ないやらと感じていたのだと思う。お腹の中をぐるぐるかき回されているような感じがしばらくあった後、手術は終わった。麻酔が効いている間は痛みはなかったが、切れてくる夜にかけて重苦しい痛みにおそわれた。でも、何か痛み止めを打たれたのか、その後まもなく眠りに落ちた。

当時はまだ、ドレナージという管を患部に挿入したまま外に排膿させるという手法がなかったので、細長いガーゼを何枚か患部に入れそれぞれに膿を含ませて毎日交換するという方法で膿を排出した。盲腸周囲が膿瘍になっていて膿がたまっていたからだ。そのガーゼ交換が痛くて痛くて、生身の腹腔からガーゼを麻酔なしに静かに取り出しまた新しいのを入れる作業のあいだじゅう、小学四年生の私は泣き叫んだ。

次第に膿が排出されなくなり、患部は開放されたまま、縫合することなく下から肉芽があがってくるにつれて自然に塞がるのを待った。

不思議なことに、私が入院して間もなくして兄たちもお腹が痛いと言いだし、診察の結果虫垂炎だと言われ入院、手術となった。病室には一時兄弟が肩を並べて入院していた。兄たちは早い時期だったので手術創は縫合し、治癒も早く十日ほどで退院していった。

私の傷は治癒がゆっくりだった。傷がほぼ塞がりベッドから起きて良いとの許可が出たのは、手術から一か月くらい後だった。最初はふらついて歩けなかったが、日増しに元気になった。それと同時に、母が夕方見舞いに来てくれるのが待ち遠しくなった。私は夕方になると廊下の窓にやっと届く首を背伸びして思い切り上げ、来るバス来るバスを眺めていた。

この病気の期間、兄たちの入院も含め母の重荷は身体的にも経済的にも精神的にもどれほど大変なことであったろう。今はそれを察することができるが、幼い私には知る由もなかった。母はこの苦難を一人でどうやって乗り越えたのだろうと思うと、本当に頭が下がる。そんな精神的、身体的労苦に当時の自分は思いをはせることもできず、ただただ夕方母が来てくれることをひたすら首を長くして待っていた。病室の周りの人や看護婦さんにたしなめられても、窓の桟に頭を載せじっと待っていた自分が昨日のことのように思い出される。この姿が私の母への思いの原点のように感じている。耐えること、我慢すること、思いをはせること、さまざまな精神的試練を幼い私は学んだのだと思う。

幸い少しずつ傷は自然に塞がり、最後まで難航していた一部縫合した糸の周囲も化膿が引け回復した。

かれこれ二か月はかかったが、無事退院することができた。母は退院祝いに鶴の形をした和菓子を注文（既製品ではなく）し、お見舞いをいただいた方々にお礼をした。

それは大変美しい、でき映えの上品な柔らかい和菓子で、（貧しい家なのにこんな立派なものをわざわざ……）と幼い私は思った。しかし、三十五歳の母からすれば、我が子三人が入院し、手術を受け、そこから無事抜け出ることができた喜び、感謝を助けてくれた人々に示したかったに違いない。母自身の喜び、安堵、そして自信はいかばかりのものか推し量れないものがある。母として、親としてなんとか乗り越えることのできた安堵の思い、子供たち、とりわけ重症だった私への愛情がどれほど深く大きいものであったか、今ならわかる気がする。また、そうした時に行う世間の作法についてもきちっとせずにはいられない母だった。家は貧しかったけれど、母はそうした作法を決してないがしろにすることなく、痩せても枯れてもきちっとした家の出である品格を重んじた。子供心にそれを私はひしと感じた。

なお、退院間際に腎炎を発症していることがわかり、塩分制限食になった。退院する頃は大分良くなっていたが、退院後もしばらく安静と食事療法が必要とされていた。しかし家にいたのでは母もそこまで気がくばれず大変だということで、私は医者の家に嫁いでいた伯母の家にしばらく預けられることになった。

伯母の夫は産婦人科医だった。そこでは食事療法もていねいにしてくれたし、伯父が蛋白尿の有無を毎日チェックしてくれた。伯母の配慮で学校を長期休んで学力が落ちないようにと、英語の単語を覚える勉強やそのほか漢字や算数の勉強を一緒にみてくれた。伯母はていねいに一つひとつ、幼い私にわかるように説明してくれた。伯父は産婦人科医だったから、この療養中に私は堕胎についても知識を得た。まったく科学的、医学的内容の説明でその神秘さに驚かされた。

かくして一か月以上の療養でもう大丈夫と伯父に太鼓判を押され、母の元に帰された。そうして夏休みを挟んで三か月ぶりに学校に復帰した。

私はこのような恵まれた療養生活ができて幸せだった。体力的にも以前よりは元気になったし、なによりも伯母の手厚い看護を受け、伯父の医療管理下で過ごせた幸運は、どんなに感謝してもしきれない。当時、腎炎はへたをすると命を落としかねない重い病気であった。母がそこまで気遣い、私を伯母に預けた深い配慮にただただ頭が下がる思いだ。伯父様、伯母様、そして母さんありがとう。

教え

先にも書いたように、私が最も近しく母と接していたのは小学校時代から中学校前半くらいまでだった。その間に母から受けた教えを記しておきたいと思う。それは今、教えとして私が解釈している事柄ではあるが、それ以外にもたくさん、暗に母の行動や態度で示されたことがあった。

母が常々子供三人を前にして繰り返し繰り返し言っていたことがあった。それは、「お前たちは将来人の上に立って仕事をしなければいけない人間になるのだから」というフレーズだった。まだ小さかった私にはその意味がよくわからなかったが、ともかく自分が社会の指導的立場に立っていく人間になると漠然と感じとっていた。その気概をもち、しっかりしなさいというような意味だったと思う。これは幼いながらも、自分の進むべき位置を早くから暗に示され、意識下でその思いを植え付けられたという点で大切な役割を果たした。

同じような流れで、母はよく「男の子は親の元でうろうろしているようではだめだ、どんどん外に出て社会のために活躍しなければいけない」と言っていた。これは自分（母）のことにとらわれるな、かまわずどんどんどこへでも出て行ってがんばりなさいという意味だったと思う。私は漠然と、（ああ、母の面倒は見なくてもいいんだな）くらいに受け取っていた。実は独立気概を育て、社会のために前に出て行く男児を育てる母流の教えだったのだと思う。あるいは自分が実家である祖父の元を離れ、二十七歳余りで子供三人を連れて独立したその気概を子供たちに伝えたかったのかもしれない。

もう一つ常々言っていたことは、「武士は食わねど高楊枝」だった。どんなに貧しくても、どんなにひもじくてもお前たちは山縣家、名取家の子孫だ。意地汚いまねをしてはいけない、卑しいまねをしてはいけない。武士は武士だと、悲痛なほど訴えていた。心の誇りを泥で塗ってはいけない、背筋を伸ばし、品格を保ち行動に気をつけなさい、ということだったろうと思う。これは暗黙の行動規範だった。誇りを捨てるな、プライドを保て、くだらないことはするな、という子供たち内部への行動規範だった。あれをしてはダメ、これをしてはダメと細々規制されるより、人間として卑しいことはするな、品のないことはするなという規範はすべての行動を自ずから規制するものだった。この三つは私が記憶している、言葉で示された母の教えだった。

私は幼い時から夜尿症だった。寝てしまったら眼が覚めるまでまったく意識消失の状態だったから尿意などわかるはずもなく、小学校高学年、いや中学校に至るまで時々失敗していた。昼間の集中力がすごく強い半面、寝ると人事不省に陥った。このために母には多大な余計な労苦を強いていた。しかし、母は一度としてこのことで幼い私を怒ったことはなく、黙々と洗濯をし、悩んでくれた。まだ祖父の家にいた頃、祖母にオネショをひどく叱られた記憶があるが、母から叱られたことはなかった。お前を育てた時、母さんは芋粥しか食べるものがなく、栄養が十分でなかったからねえ、といつもすまなさそうに私に言った。私も自分ではどうすることもできず、できることはせいぜい夕方以降は水分を控えることぐらいだった。それでもあまり効果はなかった。母が恐れたことは、このことが将来の私に心の傷として残ってはいけないという思いではなかったかと推察した。私も子供ながらに、このことで悩みいじける必要はないと思っていたし、時が来れば、成長すれば自然に治っていくだろうと信じていた。時間はかかったがその通りになった。

母は私が小学校六年の時、このことで修学旅行に行かせられないのを不憫に思って、学校のみんなとは別の日に私を連れて二人だけで東京見物に行った。はとバスに乗り楽しい一日だった。生涯忘れ得ない思い出となった。これが母の愛情だった。

私は小さい時から小学生時代を通して、常に母の陰に隠れて過ごしていた。知らない人、親戚の人、母の友達などが家に来た時、道で会った時、私は母の後ろに隠れているか、二階にいて客人の前に出てこられなかった。そんな子供だった。大人になっても基本的に自分から前面に出ることは苦手だったのは変わらなかった。

母にすまないと思うこと

母は末っ子の私をかわいがってくれた。日中はほとんど仕事のために手が離せず、一緒に何かをすることはなかった。夜も遅くまで洋裁の仕事をしていた。私は自然と一人で遊ぶことが多く、近所の友達とたまに遊ぶ程度だった。

そんなある日、「でき立ての婦人物の洋服を届けてくれない？」と母に頼まれた。自転車の荷台にしっかりくくりつけて走り、相手先の玄関前で降りたところその新品の仕立物はなくなっていた。何が起こったのかわからず、頭の中は真っ白になった。荷台の紐がほどけて、地面を引きずっていた。どうしようもできない、仕方なく家に戻って正直に母にその旨を告げた。母もしばらく途方にくれて無言だった。でも、そこでも母は怒りはしなかった。じっと母はその事後処理策を考えていたのだと思う。頼んだ自分が悪かった、という思いだったと思う。私はこの時のことについて、今に至るまで、母にすまない、ごめんなさいと心で謝っている。

忘れられない思い出

小学校四年生の夏だった、夏休みに、伯父の母校である東京大学の研修寮のある山中湖に連れて行ってくれることになった。すべて伯父の配慮と手配によるものだった。昭和二十八年頃の山中湖はまだほんとに山の中の湖だった。北原白秋の詩にもあるカラマツの林にかこまれた静かな湖畔に寮はあった。人は目立たずほんとに避暑地という感じだった。

朝早く湖畔に出てみると東大のヨット部の学生さんが練習に湖に出ていた。珍しそうに見とれていると学生のお兄さんが声をかけてヨットに乗せてくれた。とっても優雅な気分になって夢のようだった。後にも先にもこんな贅沢な気分を味わったのはこの時だけだったような気がする。後年、娘の結婚式で御殿場に行く途中、山中湖を通ったがその変貌ぶりにあの時代はもう永遠に戻らないことを感じ、セピア色に染まった過去の風景が名画のようによみがえってきたのだった。

私の中学・高校時代

中学に入ると様子は一変した。他の小学校からの知らない生徒がたくさんいて以前の小学校のような家族的な雰囲気は消え、世界が広くなった気がした。一年生の時はまだ母への思いも子供の延長だったが、次第に母から距離を置くようになっていった。母との思い出も本当にわずかしかない。その二、三を記しておく。

一年生の時、はじめての父兄参観日のこと。数学の時間で、先生はこういう問題を出した。

「みんな自分の重さを知ることはできるよね、体重計に乗ればいいんだもんね。では自分の体積を知るにはどうしたらいいと思いますか」

当時、私はクラスの中で一番できる生徒と思われていたので指されることは予想できたが、答えがわからなかった。案の定、先生はひと通りみんなに聞いた後、私を指した。でも、私は黙ったままだった。そこで先生は満杯のお風呂に入った時こぼれるお湯の量を測ることで自分の体積を知ることができると説明。「アルキメデスの原理」を解きほぐし、説明した。この授業風景の一部始終を観ていた母は、帰ってからにやにやしながら「お母さんはわかってたよ」とボソッと言った。素直に、母はすごいなァと思った。一度学習していればわかることだが、それを知っていたこと自体たいしたものだと今でも思っている。

中学一年のある時、帰り際にどこからかそれまで耳にしたことのない音が聞こえてきた。流れるような合奏に新しさを感じた。それからどういう経緯があったか覚えていないが、私はそのブラスバンド部の一員となった。それまでラジオを作ることが趣味だったが、音楽が新しい趣味となり、すぐ夢中になった。でも母はこれには賛成してくれず、好意的な意見は最後まで聞かれなかった。逆に風邪をひいたりすると喉を使っているからと嫌味的なことを医者に言ったりもした。しかし、そのブラスバンド部に入ったおかげで種々の催事に駆り出されることになり、昭和三十四年四月、今はもう上皇、上皇后さまになられたお二人の結婚祝賀パレードに参加することができた。その年、新たに團伊玖磨によって作曲された名曲「祝典行進曲」を演奏しながら市内を行進したのだ。戦後復興から新たな躍進の時代に入る夜明けに相応しい、晴れ晴れしい喜びに満ちた一日だった。

中学三年生になって高校受験が迫ってくると、否応なしに受験勉強をせざるを得なくなった。兄たちが優秀だったため何かと比較されたが、徐々に成績は上がり、秋から冬にかけての模擬試験では学年の上位に進むことができた。先生方がその上昇ぶりに驚いていたという話を人伝《ひとづて》に聞いた。そして、どうにか県内唯一の進学校である山梨県立甲府第一高等学校に入ることができた。長兄は中学、高校を通じて常に一番で過ごした勉強家だったので、高校でも兄を知る先生方からは（弟は少し落ちるな）というふうに思われていた。実際、学年では上位五十番以内に入るのがやっとだった。

母の再婚

母の再婚については、長兄がまとめてくれた詳伝に詳しく書かれている。長兄が大学四年の夏休み頃、母の女学校の同級生の方から紹介があり、数年前に奥様を亡くされたさる町の町長をされていたN氏との縁談が浮上した。縁があったのか話はとんとん拍子に進み、昭和三十四年十月に再婚となった。子供たちの中で比較的年少だったのは高校一年生だった私と、お相手の家の末子KYさんで小学校六年だったと思う。

私はたまたまこの年の夏の終わり頃にある映画を見た。その映画の中に母親が再婚するエピソードがあった。子供のうちの一人が再婚に反対する場面があり、私は自分に置き換えて考えていた。そしてそういう事態が生じたとしても、自分は決して反対すまい、と心に決めていた。したがって相談された時はしっかり賛成した。結局、誰も異議を唱える者はおらず、話は問題なく進んだ。

その時の私は、賛否の判断を間違えてはいけないという思いだけが強かった。私の反対のためにすべてがご破算になるようなことだけは避けたかったのだ。私の賛意を得られて事はスムースに運んだが、その後自分がどうなるかについてはほとんど考えていなかった。現実としては母が嫁いだ後、私は家に一人になった。お手伝いの人が住んではくれたが実質一人だった。母がいなくなってから夕方から一人になることがしばらく続いた。母はたばこの販売所を営んでおり、それはそのまま継続していたから、私一人の時はたばこ屋の店番もしなくてはならなかった。

ある日、近所の会社の事務員の女性がいつものように夕バコを買いに来て、私が応対したことがあった。その女性は母の姿が最近見えないことを不審に思ったのだろう。私に聞いた。

「お母さんは?」

「お嫁に行った」

私は平静に普通に答えた。

(まさか!)と、とっさに女性は驚きの表情をすると同時に、(そんなバカな、子供を残してあり得ない)というような様子を見せた。私は別におかしなことではないし当たり前の事ととらえていたが、これは異例なのだな、少なくとも世間にはそう見えるんだなと思った。私は自分の立ち位置をはじめて少し客観的にとらえることができた。

高校時代は、一年生の時に部活に少し入ったがすぐ退部し、ほぼ受験勉強に集中した。はじめから経済的理由で国立一期校を目指していたので、五教科九科目を平均的に得点する必要があった。苦手だった物理や化学、数学が大変だった。英語は比較的興味をもって取り組んでいたので前に進めた。いろいろ受験勉強をするうちに、受験勉強では考えることよりほぼ暗記が大切だと思った。英語の単語や熟語のみならず数学の公式パターンも、数多くこなすと徐々に一定のパターンが見えてくるし、解決方法も覚えた方が早いと気がついた。世界史は特に大変だった。記憶を視覚的にも残すため、各国地域別に世界の事象の変化を系統的に壁に貼り付けていき、横の関係が把握できるようにした。これは毎日眼に入ったので効果はあった。九科目で七割以上の得点を目標とした。全科目の勉強時間割を一週間分作り、その時間割にしたがってこなしていった。この訓練が後々、満遍なく気配りして横一線状態で物事を遂行するという癖になったように思う。

ただ問題はあった。それは、参考書が自由には買えないことだった。ある日曜日の午後、母が来てくれた時にいくらかの本代を貰おうと思っていたが、口に出して言えなかった、母が必要なものはないか聞いてくれた時も何も言えなかった。帰り際に母と見詰め合い、瞬きをしたら涙がこぼれそうになった。それを必死にこらえた。その頃母は、嫁ぎ先でまだお金を自由にできるほどの立ち位置にはいなかったのだ。母に無理を言ってはなるまい、甘えてはなるまい、心配かけてはなるまい、との思いが勝った。そしてできるだけ安い本を探しに古本屋を巡り歩いた。

高校三年の時、受験に際して大学に入ってからの奨学金の申請をすることになった。その当時、日本育英会の奨学金には特別奨学金という枠があって、それは約半額が返済不要だった。その枠に申請するためには筆記試験と書類審査があった。筆記試験はぶっつけ本番だった。数学でグラフを書く問題があり、対数軸のグラフだったことを見抜けずに変なグラフを描いた。だから試験には落ちたと思った。が、審査は通った。もう一つの書類審査が効いたのかもしれないと思った。申請に際し、自分の戸籍謄本をその時はじめて見た。父は戦病死、母は再婚のため籍を抜いており、私にはその時戸籍上の両親はおらず、兄二人も各々の理由で戸籍から出ていた。私一人だけが戸籍に残っていたのだ。これでは私は孤児ではないか、と思った。この書類上の立ち位置で審査は通ったのだろうと思った。こうして、もし大学受験に合格すれば大学生活は曲がりなりにも最低限保証されるという安堵感が生じた。

大学進路のことでは最後まで迷っていた。新聞記者的な仕事に憧れたり、建築家に憧れたりしていた。しかし、さまざまな生活パターンを推測していくと、私のような我儘な人間に会社勤めができるとは思えなかったし、明日どこどこへ行け、と転勤を命ぜられるのも嫌だった。一方、受験勉強で読むことになった森鷗外や斎藤茂吉の文章、医師なのに多方面で活躍している人などを見て、医師というのはそういう余裕があるのだなと思った。医師になれば、職業に汲々とするのではなく余裕をもって俯瞰的に物事が考えられるのかなと思うようになった。それが高校三年生の夏休み前頃、進路を決めるにはもうギリギリの段階だった。日曜日の午後、いつものように母が来て、私が勉強している後ろに立ち「あんた、お医者さんにならんかね？」と呟くように言った。その時私は選択肢の中で医師の道しかないかなとほとんど思っていたので、背中をぐっと押された感じがした。そうだ、母は私を医師にしたかったのだ、自分がかつて女子医専を中途で諦めなければならなかった無念の思いもまだ心の底にあるだろうし、亡き父（夫）の遺児としての私という意味もあるし、祖父の十五人の孫の中でまだ医師になった者はいなかったし、母にとって私はいろんな意味で最後の望みだったに違いない。ただ、我儘な私は、母に「あなたは医者になりなさい」と上から目線で言われたらすんなりいかなかったかもしれない。私の後ろに何気なく立ち呟くように、懇願するように吐露した言葉に私は反応したのだと思う。こうして私の進路はゆるぎなく確定した。

目指す大学は、私が遺伝的に紅緑色弱だったためそれを受け入れてくれる大学に絞られた。国立大学では東京大学、東北大学、北海道大学だった。東大は私の力では無理だったので、東北か北海道だった。北大は伯父が北大の二期生だったので親しみがあり、縁もあった。母の居場所より遠くにいた方が気を使わせないで良いかなという判断もあった。周りの同級生も北大だったら大丈夫だよと言ってくれたので、迷わず第一志望は北大にした。

高校三年の後半は死に物狂いで勉強した。睡眠時間を四時間余りにし、時間割を作り計画的に九科目を割り振り、こなしていった。あまりにハードであったためか、ある朝、起きてみるとまともに歩けなかった。姿勢が保てず酔っ払いのようによたって歩いた。いかにも異常なので母を呼び、小さい時からかかっている医師の往診を受け、過労によるめまいと診断された。その場で静脈注射をされ、安静にするようにとのことだった。症状は翌日には改善したが、またゆまいが起きるのではないかという不安で一週間は勉強から離れ安静にした。その時注射された注射液をチラッと見たら「重炭酸ナトリウム」と書いてあった。ん？ これは重曹ではないか、と思った。後年、医師になってからこういう時には血液が酸性に傾いているため中和剤を注射するということを知った。往診をしてくれた先生は東北大学出身の学者肌の先生で、私は生涯感謝し記憶に留めている。

学校がある時は決められたスケジュールをこなせば良かったが、夏休みや冬休みで学校が休みの時に一人で家で過ごすのは精神的に辛かった。そこで夏休みは、東京の予備校の夏期講習へ行かせてもらった。練馬区江古田の次兄の下宿を宿として、毎日通った。いろんな学生がいて刺激になったし、緊張感が保てた。

正月を挟む冬休みは別の意味から冬期講習へ出た。家にいたら母は気を使うだろうなと思ったからだ。私としても、母の嫁ぎ先で暮れと正月を過ごすのは躊躇した。居場所がないと感じたからだ。なるべく母の目の届かない所が良いと思った。だから東京に逃れた。冬期講習も、次兄の下宿先から御茶ノ水の予備校に通った。年末年始は次兄が不在で、暮れも正月も一人で過ごした。この頃ラジオから流れていた坂本九の「上を向いて歩こう」を私は口ずさんでいた。本当に涙がこぼれないように江古田の駅から夜の道を「上を向いて」歩いた。

受験を終え、幸いにも「桜咲く」の電報は届いた。発表までは随分心配して予備校のパンフレットなども集めたが、無事第一志望の北大に合格した。目の前の世界が一気に開けた感じだった。力試しに受けた慶應義塾大学医学部も一次試験合格の報があった。二次試験も受けて、合格との発表はあったらしいが私自身は確認していない。もとより慶應には行けなかったし、合格したという事実だけで十分だった。北大で十分良かった。憧れの北大に合格してうれしかった。母もことのほか喜んでくれた。母は控えめに、しかし誇らしげに家じゅうの人に言って回った。母は息子三人を一人で育て、それぞれ教育を受けさせ大学に入れ、私が最後に北大に入り、大きな役目を果たした思いだったと思う。もちろん多くの周りの人の支援はあったと思うが、男の子にそれぞれ気概をもたせ立派に成長させたことは本当に尊敬に値する。

昭和三十七年三月はじめ、私は単身甲府駅から札幌への旅に立った。青いビニール製の大きめなボストンバッグ一個を抱え、二十時間はかかる汽車の旅に出た。一人での長旅もはじめてだったし、どう乗り継ぐのかもわからなかった。中央本線で新宿に着き、乗り換えて東京駅に行き山の手線で上野駅まで行った。そして上野から青森行きの夜行寝台列車に乗った。すべてがはじめての体験だった。時間的には長時間の乗車だったが、私は比較的どこでも眠れる性質で助かった。三段の寝台列車の一番上は広さもあったし、あまり気兼ねせずに寝られた。深夜に所々の駅で時間待ち停車し、しばらくガタンゴトンの音のない時間があり、知らない土地の空気を感じた。こうして深夜の零時前、終着駅青森に着いた。

青函連絡船に乗るために、みんな青森駅のホームを走っていた。自由席の良い場所を確保するためだ。私も一生懸命走った。畳敷きの広い広間で横になれるスペースを確保し一安心した。船の中でもしばらく仮眠、瞬間的熟睡を繰り返し、午前四時すぎだったか、函館港に着いた。

青函連絡船を降りて夜明けの函館本線に乗ると、しばらくして果てしない雪原が見えた。雪原の中を列車は走った。わずかに雪原の上に頭を出して風にゆれる枯れた葦の穂がいっそう寒々しかった。ここはどこだ、シベリアかと思えた。えらいところに来た、と私は思った。この時の風景とその強烈な印象をその後何十年経っても忘れることはなかった。この荒涼たる北国にひとり十八歳の男子はボストンバッグを持ってやって来たのだ。

札幌駅から市電に乗り、北方面に向かった。陸橋を渡って北に進路を向けるとまっすぐ進む。すると、すぐ左手に北大のキャンパスが見えてきた。キャンパスが終わって間もなく北十八条停留所だ。そこで降りて西に歩いた。入寮を許可されていた恵迪寮を目指して、ボストンバッグを携えながら舗装もされていない砂利道をとぼとぼ歩いた。見るもの皆まるで異国の世界だった。道の両側から覆いかぶさるような巨大なポプラの並木、雪が解けて間もない道端の植物は生気を失ってダランと萎れていた。雪解けの水分を含んでぬかるんだ未舗装の道路は軟弱だった。寒々とした、荒涼たる風景だった。

枯れ木の原始林の中に恵迪寮の玄関が現れた。木造の古い二階建てだ。入寮者が管理人も務めていた。手続き後すぐ部屋に案内してくれた。六人一部屋の大きい部屋にベッドが六個置いてあり、その頭側に各自の机があった。

こうして、ともかく大学生活は始まった。すべてがはじめての体験だった。翌朝の朝ごはんはどんぶり飯にバターの塊がのせてあった。一瞬驚いたが、食べてみると多少の塩気があっておいしかった。食がすすんだ。

今思えば、この時期は北海道で最も美しくない時期だったのだ。この荒涼たる白黒の世界が天然色カラーの世界に激変するのにそう長い期間は要しなかった。はじめに道端の萎えた草に新緑が現れた。牧草のような芝のような草は、聞けば雪の下にある時から芽を出しているという。そして間もなく水仙が咲き出した。大木の上を見ると白い花が咲いているではないか。

（あれは何？）

はじめて見る大木の花、それはコブシの花だった。

続いてやはり大きな木に大ぶりの白い花が咲いた。白蓮だった。やがて、木蓮も咲いた。地表ではクロッカスやカタクリ、ヒヤシンス、水仙などが灰色の地面を埋め、低い位置には黄色い花をつけた灌木が現れた。レンギョウだ。しばらくして梅と桜が同時に咲き、チューリップなどさまざまな草花が一斉に咲き出した。街中が花に溢れる季節が来た。

一通り開花した後、五月中頃にはライラックが咲き出した。ライラックは目立たず控えめに豊かな花をつけた。あの荒涼たる北国の風景は、パラダイスに生まれ変わった。一人でやって来た十八歳の私は、これらの自然の豊かさにつつまれ癒やされ育まれ、青春を始めた。

季節が良くなった頃、母夫婦が札幌を訪れた。その時のことを後年母はいくつかの短歌に残した。

亡き兄も吾が子も学びし北大の庭歩みつつ寮歌歌ひぬ
プラタナスの緑あふるる校庭にクラーク博士の像の立ち居る
緑の香漂ふ校庭に息子《こ》と立てば幸分かちたしはるかなる亡父に

母の静かな喜びと安堵感が感じられる。私はこれらの短歌を母の死後知ったので、この時こういう思いだったんだな、と後から当時を振り返ってなつかしく想像した。

大学時代

学生生活が順調に始まり、広い構内を、講義室を探して右往左往した。それも楽しかった。経済的には裕福ではなかったが、最低限の食住は守られた。寮での丼飯を食べて体重も増えた。寮や大学の学生部に掲示されるアルバイト求人情報を見て、アルバイトに励んだ。いろいろなことをやったが、これも楽しい思い出だ。

一番の効率の良いアルバイトは測量の助手だった。昭和三十七年から四十年、札幌は発展途上で郊外の開発を進めていた。当時は、市街から二、三キロの場所でも葦の原やトウキビの農地だった。そこに行っては赤白の印が入った棒を持って立っているだけの仕事だったので肉体的には楽だった。その割に時給は良かった。

一番辛いバイトは、石炭をアパートの三階、四階に運ぶ仕事だった。当時はまだ各家庭に石炭ストーブがあり、燃料業者は一階の玄関付近に石炭を置いていく。それを少しずつコモに入れて各家庭の玄関口にある石炭庫に収める仕事だった。これは純粋に肉体労働で大変だった。

さらに記憶に残る仕事として、冬の時期のお菓子問屋の配達助手の仕事があった。二トンくらいのトラックの助手席に乗って各小売店に注文の品を届ける手伝いであった。品物は菓子類の段ボール箱だったのでそれほど重くはなかったが、中に缶ジュースの段ボールがあり、それは重かった。パチンコ店への配送もあり、おおかた二階の倉庫への納品だったので階段を上がるのが辛かった。冬のある日、札幌から離れて地方に配達に行く時、運転手のお兄さんが轍《わだち》にハンドルをとられた。切り返しなどをしているうちに、車は反対方向を向いてしまった。その時、両方向とも車が来なかったから良かったものの、対向車があったら事故に繋がっていたと、想像してゾッとした。

大学での一年余りは教養課程だったので文系の講義もあり、広い構内を、部屋を探しながら受講した。この時間的に余裕のある期間に北大の前身である札幌農学校時代の雰囲気や文化を学んでおきたいと思った。ちょうどその頃「矢内原忠雄全集」が刊行され、一か月に一巻ずつ出版されていた。私は、（北大だから必ず読書会などがサークル的に開かれるだろう）と想像して、学生会館の掲示板を注意して見ていた。そんなある日、掲示板に読書会の案内が出た。躊躇せず部屋を訪れてみたが、私一人しかいなかった。でも、必ず誰か現れるだろうと思い、待った。どうやら部屋の予約時間が一時間余裕をもって予約されていたようで、やがて法学部の先生や文学部の先生、学生も集まってきた。私は新参だったのでみんなびっくりしたようだった。こうして私は「札幌バンド」の成り行きを学び、内村鑑三の精神を学んだ。これはある種のゼミだった。聖書も旧約聖書も繰り返し読み、西欧のキリスト教文化の底辺を学ぼうとした。この時の学びが生涯私の根底にあるように思う。後年、唯一神信仰が排他的思想の源となり戦いをもたらしてきた歴史も学び、キリスト教と距離を置くようにはなった。そして、亡父の墓にもわだかまりなく墓参し、経を聞くことができた。

大学に入ったら何か部活をしたいとかすかに思っていたので、何をしようかと考えた。その時、亡き父の写真を思い出した。唯一、亡父を知る手がかりとしての写真が数枚残っていた。その中に、ユニフォーム姿の写真があった。旧制松江高校在籍時、父は野球部に所属していたらしい。その写真を鮮烈に覚えていた私は、ひょっとして私にも運動神経が遺伝しているかもしれないと思い医学部の野球部に入った。同期生三人と一緒に一年間練習や合宿などもこなした。その結果は、やはりその血筋は引き継いでいないという思いだった。プレーヤーではなく裏方にまわった。でもこの時一緒に入部した三人の同期生は終生の友達となった。

こんな学生生活で、北国での生活は続いた。この時以降、母との直接の交流は本当に年に一、二回程度になった。母は嫁ぎ先に七人の子供がおり、さらにそれぞれに孫がおり、総勢三十名余りのファミリーを仕切っていた。一人一人に心を砕き多忙な日々を送ったと思う。長兄と嫁ぎ先の長女が結婚していたので両家の結びつきはますます堅固なものになっていて、母の立ち位置は不動なものになっていた。母が残した短歌の中に、名取家の三人の男の子のことに言及した歌がいくつかあり、母は多忙の中に決して亡き父と昔の思い出を忘れていなかったことが窺われる。

父知らぬ息子《こ》等の集いて談笑す息《こ》見ぬ亡父よ幸うすかりし

成人し息等《こ》を亡父に見せたきとひそかに涙し屠蘇の支度す
父親を知らねば息等《こ》は母の里をふるさとにして祖父母を懐かしむ
久々に来たれる息《こ》との語らひはうれしさのままに時すごすのみ
父と同じ医師《くすし》となりて墓参せる子は北海道よりはるばる来て
吾ばかり遠くに居ると不足げに幼き頃の甘えを見する

正月や彼岸時に帰省した折など、我々兄弟が久しぶりに揃った時、母は想像以上にうれしく、自分の人生を肯定できた瞬間を静かにかみしめていたのだと思う。

研究医、そして臨床医として

私と母との密なやりとりは、これ以降長い間途切れることになる。私は昭和四十三年、大学卒業後迷った末に基礎医学に進み病理学を学んだ。それはまだ黎明期だった免疫学がこれからもっともっと発展するだろうという予測のもとに、それを勉強してみたいと思ったからだった。そしてネズミを相手にするその世界にどっぷりはまってしまった。大学院を終わり、米国に留学の機会を与えられて、四年弱、海外の世界レベルの研究状況を学んだ。その結果わかったのは世界のレベルは私の能力よりはるかに高いということだった。帰国後後輩の指導の任にあたったが、後輩たちもすばらしく優秀だった。私が一つ言えば十返ってくる資質だった。都合二十年弱、基礎医学講座にいた。最後は教授選にも出していただいたが、もとより自分の能力は自分が一番わかっていた。推してくださった先生方には申し訳なかったが、私は最初から争う気はなかった。結果が出された時、私は即退職を決めた。

この世界から飛び出た。飛び出たのは良かったが、その先に当てがあったわけではなかった。就職先を探したが、医師といえども簡単に勤め先は見つからなかった。臨床の医局に属さず孤立無援で職を探すとなると当時は大変だった。辛うじて医師会誌に募集広告をだしていた病院に面接に行ってほぼ決まりかけた。そこで、その病院の内情を知っておこうと同じ地域で病院を開業していた同期生に電話してみたところ、彼が即座に自分の病院に来いと言ってくれた。予想もしていなかったことだったので、驚きと同期生のありがたみとで涙しそうになり、声がつまった。決まりかけていた病院にはお断りをし、こうして私の転向——臨床医としてのスタート場所は決まった。平成元年のことだった。

それから七年、彼の病院で老人医療を学んだ。最初の一、二年は私のリハビリの期間だったように思う。私は大学勤務時代の終わり頃に多忙を極め、眼瞼下垂から発症した甲状腺機能亢進症を罹っていたので体調は十分ではなかった。それでも門前の小僧で少しずつ臨床を覚えていった。もとより大学時代から夜型であったので、病院が午後五時で終わってから後の時間帯を利用して夜間診療を開設した。そうして七年が経過した後、私は彼の病院を辞することとした。いつまでもいるわけにはいかないし、いずれは独立しなければならないと思っていたからだ。この間、私を拾い泳がせてくれた同期の彼にはなんと礼を言っていいかわからない。一生の恩義を感じている。臨床のみならず病院の経営や運営などについても端で見ながら教えてもらったと思う。

私は夜間診療をベースに午前の外来、デイケア、午後の訪問診療を三本の柱にして全面開業することにした。平成九年六月のことだった。全面的に開業するにあたり、私にはほとんど原資はなかった。若干の退職金を自己資金として銀行に融資を依頼したが、それでも必要資金の半分くらいにしかならなかった。残りの資金調達に窮し、開院計画は頓挫寸前だった。最後にこういう相談ができるのは兄弟か肉親しかいないと思った。そこでまず兄に保証人の依頼をしてみた。しかし、銀行マンである兄は、保証人になることはどういうことであるかを誰よりも知っており、それは無理だという返事だった。そこで藁をも掴む思いで母に電話してみた。半分愚痴だった。電話の最後に言葉に窮した私は電話口でつい口に出してしまった。

「こんな時、父親がいてくれたらなぁ」

こんなこと以前には言ったことはなかった。言ってはいけないフレーズだったと後から思った。禁句だったのだ。母に辛い思いをさせたと後悔した。母はそれから二、三日後に、お金送るよと言ってきた。どういうふうに工面したかは知らないが、ともかく必要額を送金してくれたのだ。でき上がった診療所の写真とお礼を報告した時、母は短歌に詠んだ。

独立し医院開業す札幌に息《こ》は亡き父の道を歩まんと
感涙の開業でした母上に感謝しますと文の届きぬ
ささやかな医院なれども望みたる笑顔の写真息《こ》は送り来ぬ

なんとか開業はできたが、元より資金が豊富にあったわけではないので運営は火の車だった。デイケアの用具もほとんど揃えられず、リハビリ用のプラットホームは通販の格安畳ベッドで間に合わせた。デイケアで使用する輪投げセットは自分で作った。ゲートボールのスティックは知人からもらったゴルフのドライバーを短く切ってもらって用意した。

後年、平成十一年、母は札幌を訪れた際に診療所に立ち寄った。デイケア併設診療所の小さな椅子に腰をおろし、しみじみと一通り眺め回しながら溢れる涙を拭おうともしなかった。そして「よくぞここまでひとりで」と一言言ってまた静かに涙した。

母は、私が北海道に来てから何回か来道してくれた。入学年の初夏は夫婦で来札してくれたし、私が新婚時代に円山に住んでいた頃、病気で入院した昭和六十三年六月、そして晩年の平成十一年十月も。しかし、いずれの時も私に十分な時間的余裕がなく、満足なもてなしはできなかった。とくに晩年は母自身の行き場所を探しながら、その選択肢として医師である私の近くでと考えての長期滞在だったと思うが、私は十分なことができなかった。肉親を患者として診るという難しさもあったが、開業後の多忙の時期で、まったく時間的にも精神的にも余裕をもって母と過ごすことができなかった。

現在のように高齢者用の施設もまだなく、同居できる態勢も整備できていなかった。私もまだ在宅医療を始めたばかりだった。滞在の一か月はあっという間に過ぎた。その間、家内や私の長女とは小樽運河の見えるホテルに泊まってその界隈を楽しんだようだし、また、別の日には札幌の中心街のデパートに行って孫と一緒に買い物を楽しんだようだった。私自身は何もできず、何もしてあげられなかったことは生涯の後悔として残り、今でもすまなく思っている。母がこの時のことを詠んだ短歌がいくつか残っている。

北海道は遠いけれども安らかに療養できると吾を呼べる息《こ》

医師の息《こ》の家に老いたる身を寄せて安堵の日を送る北国の地に

朝食前吾子が採血しくるるといふ幸思ひつつ身を横たへぬ

父の死の臥床に這える末の息《こ》は今父をつぎ医師となり居ぬ

平成十一年十一月十四日、午前十一時の便に乗るべく千歳空港の手荷物検査場を出て左に曲がって、歩み出すところで振り向いてもう一度手を振り合った。それが母との生涯の別れとなった。私にはその時の母の姿が永遠に刻み込まれている。母はあの時天国への階段を昇ったのだと後年私は思った。この時のことを母は歌に詠んでいる。

見送りの青空の中飛行機は羽田に吾を運びくれたり
迎えくれし二人の息子の笑みに会い旅の緊張より心ゆるみぬ

この後の顛末については、長兄のまとめた「母を偲んで」に詳しい。母は認知症が進み田舎での独居が困難になり、長兄の家に同居することになった。認知症はさらに進み在宅では困難な状況になり、まもなく施設への入所となった。そして施設で二年ほど過ごした平成十三年九月三十日早朝、静かに息を引き取ったという。

長兄も言うように「かつての母を知っているものとしては最後の数年の母の姿は忍びなく悲しいもの」であった。私もそう思う。肉親が認知症になって人格が失われることほど悲しいことはない。私は、その兆しが兄より告げられた時、ああ、母は死んだ、と思った。私の知っている生きた母はすでに死んだとこの時思った。
母が死の年の新年に詠んだ歌を最後に掲げこの稿を閉じたい。

はるかなる追憶の日々砂浜に寄せて返す波に漂う

おわりに

平成十四年に母のことを書き始めてから二十年余りが経った。途中何度も中断し、原稿は放っておかれた。しかし、この原稿のワードファイルは消えることはなかった。少しずつ少しずつ時間のある時に書き溜め、読み返しもした。その間、長兄も逝ってしまった。

時が経るにしたがって本稿への思いも変わってきた。はじめは母の評伝のつもりだったが、私も高齢になり、私の生涯も含めることにした。私は母との関わりの中で生きてきたのだし、私との関わりを中心に母の歴史を書くことにした。だから「私母伝」なのだ。

本稿を書くにあたり、母の詠んだ短歌を、母の心境を察するよすがとした。母が投稿していた勁草誌の松谷砂子様がまとめてくださった『中澤益子詠草集』から引用させていただいた。心より御礼申し上げる。

今回も文芸社の阿部様には大変お世話になった。お褒めの言葉やアドバイスもいただいた。私的な内容なのに出版を承諾していただいて感謝に堪えない。記して御礼申し上げる。編集の今泉様にも細部の調整をしていただき厚く御礼申し上げる。

今回も原稿提出に先立ち先行校閲していただいた名寄声の図書会の工藤久美子さまにも厚く御礼申し上げる。

令和六年三月　名取 孝

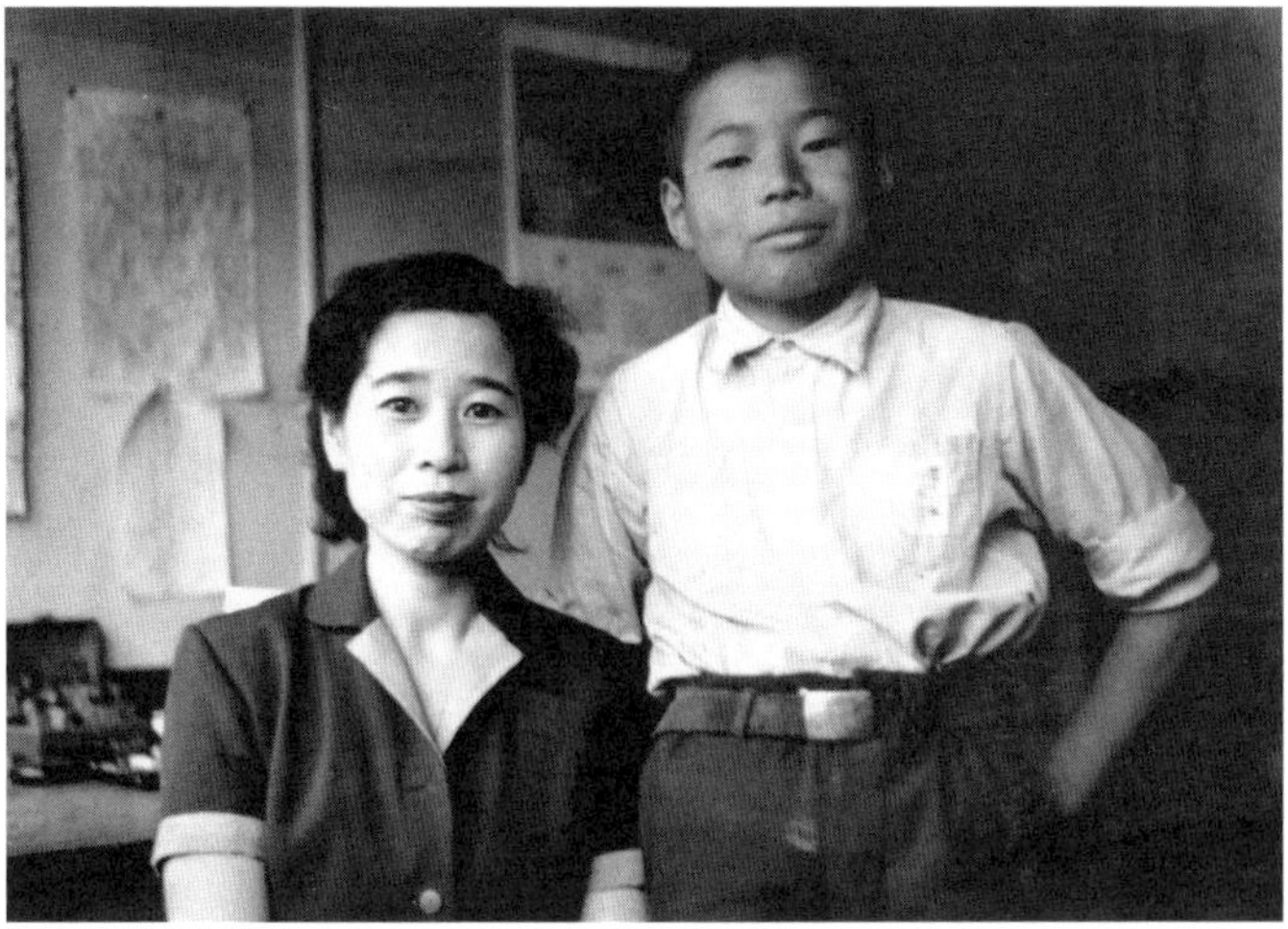

母と一緒に写真を撮れてご満悦な筆者（母 37 歳、筆者 12 歳。昭和 30 年撮影）。

右から、長兄 正（高3）、母、次兄 宏（高2）、筆者（昭和30年撮影）。
一家の先陣に立っていた母の気概が感じられる。

著者プロフィール

名取 孝（なとり たかし）

1943年生まれ、山梨県出身。
1972年、北海道大学大学院医学研究院を単位取得退学。
1972年～1988年、北海道大学助手（病理学第一講座）。
1989年～1996年、医療法人社団喬成会花川病院に勤務。
1996年、医療法人社団北昂会ファミール内科開設、現在に至る。
北海道在住。

■著書
『あなたの病と医療の病 病と正しく対峙するために』（1996年、近代文芸社）
『生と死を見つめて ―序章― 在宅訪問医二十五年の思い』（2021年、文芸社）

私母伝 在宅訪問医とその母の生涯

2024年7月15日 初版第1刷発行

著　者　名取 孝
発行者　瓜谷 綱延
発行所　株式会社文芸社
〒160-0022 東京都新宿区新宿1-10-1
電話 03-5369-3060（代表）
03-5369-2299（販売）

印刷所　図書印刷株式会社

ISBN978-4-286-25519-4